U0330077

灵魂的骨骼

诗歌与版画的互译

GISÈLE LESTRANGE

PAUL CELAN

吉赛尔·莱特朗奇　　保罗·策兰

张何之　著

华东师范大学出版社六点分社 策划

目
录

吉赛尔·策兰－莱特朗奇

1927-1991

法国版画家

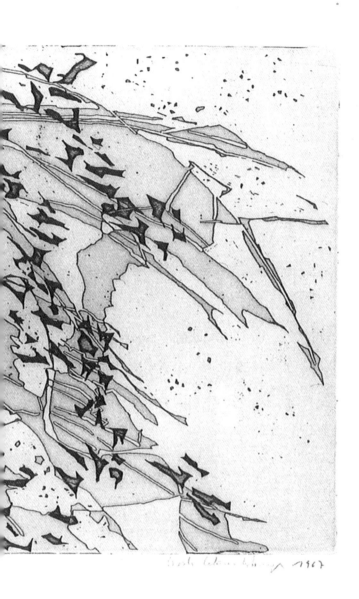

波浪闭合 *Les flots se fermant* 1967 铜版画 © 虞山当代美术馆

水的

水的　*Aquatique - Aquatisch*　1964　铜版画 © 虞山当代美术馆

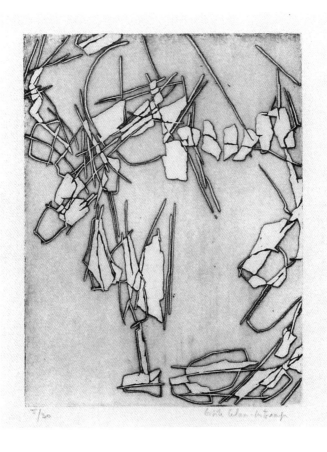

破

晓

破晓　*Point du jour - Tagesanbruch* 1964　铜版画　© 虞山当代美术馆

无题

无题 1 *Sans titre 1* 1967 铜版画 © ERIC CELAN

E.A. Juillet 1952   Etat Colon. Istrampa

15

未完成系列

未完成系列 2 *L'Inachevé 2* 1975 铜版画 © 虞山当代美术馆

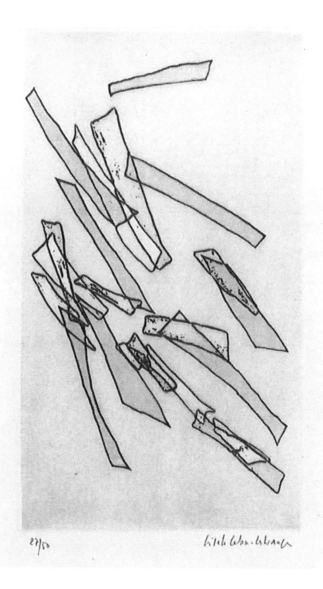

27/50

无题

无题 14 *Sans titre 14* 1969/70 铜版画 © ERIC CELAN

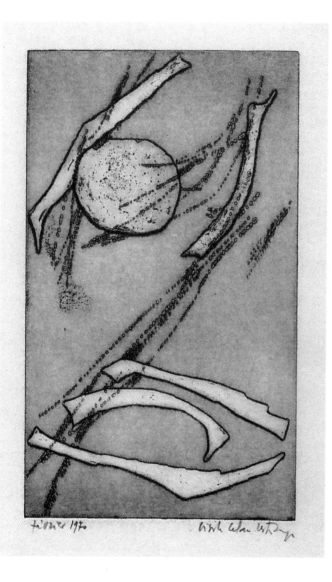

tizner 1970   with alan witzaye

吉赛尔·策兰 - 莱特朗奇
GISÈLE CELAN LESTRANG

相遇　*Rencontre*　1958　铜版画　© ERIC CELAN

谈吉赛尔版画

谈吉赛尔版画

吉赛尔·策兰 - 莱特朗奇（Gisèle Celan Lestrange）生于
1927 年 3 月 19 日，逝于 1991 年 12 月 9 日，恰是策兰（
Paul Celan）出生的月份。如果说一个人被动承受了出生
日期这一符号所携带的意义，那么我更倾向于将死亡看
作个体主动选择的时辰，其生命结构的最后一环。吉赛
尔生于春季，感受到生之充沛与残酷，因此她终其一生
追求安宁，通过作品，她触及到并超越了这一安宁，而
走向更大的自由，走入人与马层出不穷，漫溢的夜晚。

通常，人们只在谈论策兰时谈及吉赛尔，作为一位出色
诗人的妻子，她画家的身份鲜为人知。

吉赛尔的创作生涯自 20 世纪 50 年代始，至 90 年代初，
伴随她生命的结束而终结，经历 40 多年时间，涉及多种
类型的作品，包括水彩，综合材料，拼贴画，钢笔速写，
铜版画。其中铜版画占绝大多数，独具个人风格，是吉
赛尔造型艺术的最高表现。

铜版画：在金属版上用腐蚀液腐蚀或直接用针或刀刻制
而成的一种版画，常用的金属版是铜版，故称铜版画。
吉赛尔自 50 年代开始学习版画制作，一开始即确定了抽
象的风格，她在 60 年代尝试融合不同的版画技术，并逐
渐确立发展了自己的图像语言。对抽象版画的钟情一直

持续到 70 年代，策兰死之后，她的风格为之一变，后期作品反倒更接近传统版画。

在抽象版画创作中，她采用类似矿物结晶结构的图形为基本图式单元：球锥晶，长联锥，针锥晶，发雏晶，串珠锥晶等等，并通过控制单元群之间空间关系：叠加，吞噬，抵消，分离，聚集，以表现不同的主题。若用一句话来总结，吉赛尔的版画试图赋予不可言之物、之思以形体，如描绘灵魂的骨骼。

"我从来都是孤独的"，有生之年，吉赛尔几乎与所有艺术流派和团体保持距离，她即立身于同代人之中，又退一步置身其外。同时，文学不断滋养激发她的创作，但她也无时不刻不警惕文字，尤其是诗歌对图像语言的侵蚀，而她与策兰之间的关系，无疑是理解两人作品的切入口。

无论是在现实生活还是在作品中，吉赛尔与策兰之间都不存在任何附属关系。两人的创作不可以被简单概括为"谁启发了谁"。在两人有限的合作作品中，我们看到版画与诗歌之互文，这是文学语言与图像语言之间的互译。当两个个体相遇，激发了新的能量，新的宇宙，它基于两个个体过去的生命经历，又超越两者之和。

"在你的版画中我认出了自己的诗，它们的经过，是为了重新在场。"[1]策兰如是描述诗与吉赛尔版画的关系。

对于策兰来说，诗歌创作等同于一次握手，所有动人的职业对他来说都是关于手的技艺。"而手本身只属于人，属于那个独特而有限的灵魂，那个灵魂用有声或无声的

---

1 **笔者译**。本书所引用的所有诗文，标明译者之外，均为笔者试译，在接下来的篇章将不再一一标注。

方式寻找一条道路。"[1]

在这一点上，相比各种造型艺术，恐怕只有版画创作在操作时的手感才能与诗歌相匹敌（除了雕塑）：绘图，打蜡，雕刻，腐蚀，一个人靠近铜板，再再破坏，等待与抚摸。

作为策兰的妻子，一个女艺术家该以何种形式与这样一位诗人共存？她希望靠近诗歌，靠近策兰，同时又保持警惕，不愿被对方吞噬。

吉赛尔选择了版画，选择了抽象。这一选择几乎发生在她决定创作版画的第一时间，她敏锐地感到，只有抽象艺术才可与现代诗维持同一浓度，只有图形的碎片才能在策兰诗歌的语言碎片／精神碎片冲击下，劫后余生、再生、丛生出边缘的锋利与刺痛，对她来说，艺术创作既是共生，又是对抗。

而吉赛尔作品中的诗性，精神性，是她有意识靠近诗歌的结果，她深谙靠近并不是通过图像层面的再现而达到的，而要在深层与之呼应。

"要让一首诗进入一块铜板，尝试着用所选的材料，并找到一种合适的语言来接纳一首诗，这一直以来都是我主要关心的问题。我从不认为我能够绘出一首诗，但我找寻对等的东西。这并非一次无关紧要的誊写，而是靠近一种相似的氛围，一次精神向诗歌的靠拢。一首诗是自足的，一张版画也是一样，他们并不需要彼此。但两者之间存在着相遇，用线条，用黑色，灰色，白色来表达这种相遇的可能性。这就是我在面对我丈夫的诗，以及

1　Le métier（Handwerk），c'est l'affaire des mains. Et ces mains, à leur tour, n'appartiennent qu'à un homme,c'est-à-dire une âme unique et mortelle, qui avec sa voix et sans voix cherche un chemin.

其他的诗歌时，我在我的版画中所作的事，同时我谨记：一个词与一根刻线是两个完全不同的世界。"吉赛尔·莱特朗奇在 20 世纪 80 年代的笔记中如是说。

续谈吉赛尔版画：生命的形式 – 晶体

策兰用"呼吸结晶"（*Atemkristall*）一词命名了两人共同完成的第一部作品集，具有多重含义。

结晶作为一个动词，指：从饱和溶液中凝结，或从气体凝华出具有一定几何形状的固体（晶体）的过程，亦是一种分离固态和液态物质的技术，其中溶质由溶液中转移至纯净的晶体里。

结晶的过程，即纯化，提炼，分离，析出，这无疑和诗歌／版画创作在理念上十分相似。保罗·克利曾经强调"结晶化"在艺术和艺术理论中的重要性，策兰也用"结晶"[1]来解释现实与抽象之间的关系，他认为这一说法同样适用于法国派版画艺术，也就包括了他妻子吉赛尔的版画，对于策兰来说，结晶即让事物可视化的程式。

在物理世界的深处，在肉眼可见的形态中，埋藏着一种更为原初，更为基础，却无法用肉眼看到的单元形态。提炼出晶体，即是将无法看到的抽象现实可视化的过程，这正是吉赛尔在其版画艺术中的基本操作。

吉赛尔的版画通过展现翱翔于现实之上的第二现实，从而进入了现实的深处。

1　**策兰**在 1966 年采访中语。

"眼睛的诗，意识的特异性腐蚀出的诗，在这诗中燃烧着一场目光与梦幻之间的谈话"，[1]只有进入深处的目光，才是诗的目光。

这就是缘何，吉赛尔的版画虽以抽象的几何形状为基本图式语言，却能够呈现出丰富的生命动态和生命势，直指人心。

通过研究吉赛尔的信件和工作手册，我们了解到她本人对微观世界的独特关注。正如策兰钟情于海洋学、植物学、地质学等文本，文本中那些独特的词汇吸引着他，或者说，这些词语自身的表达性吸引着他。于是他把这些词化为己用，重新置入诗歌的语言环境，使这些词的意义在诗歌环境中发生弯曲，而最终成为了"策兰性词汇"。[2]

吉赛尔则在微观世界中找到了几何形状和微观结构的表达性。就像一些诗歌唤起了前生命（pré-vie）的原始记忆，吉赛尔的版画唤起了事物对其抽象现实的记忆。

结晶作为一个名词，是指原子、离子或分子按照一定的周期性，在结晶过程中，在空间排列形成具有一定规则的几何外形的固体。晶体内部原子或分子排列的三维空间之周期性结构，是晶体最基本的、最本质的特征。作为固体的晶体，其体积并不由原子离子本身的大小决定，相反，是由不被实体所占有的，大量空的空间所决定，翻译成图像语言，即空白／留白。空白提供了流动的空间，微小的原子分子离子才能从一个位置移动到另一个位置，它是"生命电势"[3]的源头。所以当我们观看吉赛尔的版画时，并不会觉得图形在画面中是固定的，相反，它们悬浮着，时刻都有可能移动。对吉赛尔来说，处理抽象，意味着有意识地处理这种空白。

1 策兰语   2 笔者语   3 笔者语

灵魂　*Âmes*　1963　铜版画　© ERIC CELAN

借助空白所创造的悬浮状态最终表现为一种轻盈，这轻盈并非物体重量的轻，而是其存在状态之轻，悬浮，或是将要起飞时，克服重力之轻。[1]在名为《灵魂》（Âmes，1963）这张版画中，由细轮廓线圈出的大量透明图形，像是成千上万即将纷飞的鸟，或许在画家心中，人类的灵魂永恒处于企图克服重力而向往纷飞之疼痛中。

在 1966 年 12 月的一次访谈中，策兰解释其诗歌的抽象性："我必须得说，正是受到版画这一艺术之智慧的影响，主要是法国派......这种艺术本身就是抽象的，非造型的......其中有一种绝妙的余白让人去品尝，去猜测，而且它能够很好的受理性所控制。"

阅读这一空白，明白不论在策兰还是吉赛尔的作品中，都有一种"保留"，一种"复杂性"和"返回"，它们保证了作品本身不被穷尽，不完全展开，不完全展现。有些东西是秘而不宣的，它返回自身。同时，这一空白保证了观者的主动性，在阅读吉赛尔的作品时，观众可以带着主体的独特性自行展开这一部分空白，因此，每一次观看和阅读都不尽相同。

或许，我们永远无法描述空白，而只能不停摩擦那包围在空白周围的一切，这时，空白即是源头，无法用语言抵达的空处，却源源流出表述，乃是吉赛尔和策兰共同的起点。

1　尼采："好的即是轻的。"罗兰·巴特评价汤伯利（Cy Twombly）作品时也说："物之所载，非赖其重，在于其轻。"（l'être des choses est non dans leur lourdeur, mais dans leur légèreté.）

空间的反面 *Au revers de l'espace* 1976 速写 © ERIC CELAN

谈吉赛尔后期速写作品：线条－重回当下

"父亲去世以后，母亲来了一次颜色的解放。"埃里克·策兰如是说。

通过颜色，读者阅读了创作的姿势，以及姿势的欢愉：在手指末端和眼睛的深处，某种意料之中又出人意料的东西正在诞生。策兰去世之前，吉赛尔活在黑白两色所交织的世界。

当写作者面对一张白纸时，他感到恐惧与焦虑，带着同样的恐惧与焦虑，吉赛尔站在一张空白的画布前，穿越这一空白，穿过死亡，这才是一件作品真正的开端。

在她的生命历程中，策兰的死亡制造了那个最大的空白。如何站在这一个起点上重新开始，吉赛尔选择了放下版画，走向速写。（当然，这时期她仍有少量版画创作。）如果说策兰的死确实将吉赛尔从某处解放出来的话，那处会是"当下无时间性"的深渊。

在创作生涯的后期，吉赛尔从版画回到速写，大量使用类似地质学"等高线图"的晕线，绘制了关于山川树木等地理自然面貌的速写作品。回到自然变化的过程，见证这一过程，其实质在于：自身的存在重新汇入当下的线性时间之流动（而不再是悬空的，碎片时间，策兰的"时

回声 1 *Écho 1* 1977 速写 © ERIC CELAN

间栅栏”）。因此，在她的后期作品中，我们能发现一种动人的"即时性"（immédiateté），图像透露出绘图者生命姿势的在场。

她从动作走向姿态，变得越发轻盈，因为姿势取消了因果，取消了动因和目标，动作是及物的，它仅仅想要激起一个对象，引起一个结果，而姿势，则无法测量，无法穷尽，是包围在动作周围的大气，形成一种质感。

平行而细密的晕线就像地质岩层的自然肌理，或者树木的年轮，两者都是对漫长时间的记录，是无人在场时，自然大刀阔斧的痕迹。因而，作为创作者，吉赛尔在这些速写中既在场又有退场的倾向，这一姿态充满了自然性。无论面对版画作品还是速写作品，她都有意保持这一自然性。

但必须注意，吉赛尔回归到速写，绝非简单地走向自然主义或写实主义。

风景作为主题，来自于吉赛尔的视觉经验，在绘画中，她不仅仅处理了这一经验，同时也处理了对这一经验的思考。"此处所诠释的是现实的形而上层面，即大地与非物质之间的关系，画的题目也揭示了这一点：《空间的反面》（*Au revers de l'espace*，1976）。在钢笔速写《双重视野》（*Horizon double*，1977）中，两块风景似乎被合成在一起，我们无法用一个整体的逻辑去解释图中的再现方式，画所涉及的实际上是另一个层面的现实的存在。1977 年作品《在黎明的窟窿中》（*Au creux de l'aube*）以及《速写》（*Dessin*）中，海滨风景并不从自身的深处展开，因而对观者构成一种挑战。在 1977 年的一部分素描中，现实的魔幻继续扩大，吉赛尔在画中组合着视觉空间。《回声 1》（*Écho* 1）描绘了灰色天空下的一片风景，图画

黎明的窑窿 *Au creux de l'aube* 1977 速写 © ERIC CELAN

忽略了重力，灰色的碑状物漂浮在大气空间，形成了一个向后展开的圈。"布若金（Ute Bruckinger）[1]在吉赛尔作品目录中的一篇论文中分析了她后期的一些速写作品。

正如同时代大部分艺术家一样，她对画面的处理方式受到了印象派的影响。短而密集的晕线给出细节，同时又造就一个整体，这就要求观者必须在远／近两种不同距离观看作品，这样才能抓住作品的完整表达，达到启发观者的目的，让他们质疑自身的视觉经验。

我们同样应注意到吉赛尔后期速写作品与版画作品"姿势"的相似性。如果参照作品目录，不少版画与速写看起来很像，几乎难以区分。在一张画面上精心排布了成千上万短小的笔触，我们几乎可以看见吉赛尔贴近画纸，手臂与手不断重复划着短线。

她在最后的作品里留下了这动人的姿势，那些线条，随着这一姿势不断演变，释放，变得激烈，狂怒。

1　布若金（Ute Bruckinger），《吉赛尔作品目录》（Gisèle Celan-Lestrange : Catalogue de l'oeuvre）编著者。

空白互译

吉赛尔一生曾与不少诗人合作，但最为重要的一次发生在她与丈夫保罗·策兰之间。

合作持续了两人一生，隐秘又深刻，其中最为可见的成果体现在两处：其一，策兰对吉赛尔版画的命名，其二，以册页形式出版的两本诗歌／版画合集，分别为1965年出版的《呼吸结晶》（*Atemkristall*）和1969年出版的《黑关税》（*Schwarzmaut*）。

从1954年到1968年间，几乎所有吉赛尔的版画都由策兰命名，而且通常保留德／法双语，他去世以后，吉赛尔大部分作品都标为无题。

策兰用以命名版画的语言，有别于其他的诗歌，是专属于这一命名的语言。长久以来被忽略的这一文本特点，恰恰是进入两人关系的切入口。相对于诗歌创作，策兰甚少在命名时使用德语"合成词"的能力，而倾向于使用单个词语及其组合。

两人常在信件中交流关于版画命名的问题："你记得吗，阿姆斯特丹旅行后我做的那四张版画，其中有一张就是我会坚持'，谢谢你，为了所有这些美丽的名字"（1965年1月19日），"你看，我按照你的要求把目录中22号作品

吉赛尔一生曾与不少诗人合作，但最为重要的一次发生在她与丈夫保罗·策兰之间。

合作持续了两人一生，隐秘又深刻，其中最为可见的成果体现在两处：其一，策兰对吉赛尔版画的命名，其二，以册页形式出版的两本诗歌／版画合集，分别为 1965 年出版的《呼吸结晶》（ *Atemkristall* ）和 1969 年出版的《黑关税》（ *Schwarzmaut* ）。

从 1954 年到 1968 年间，几乎所有吉赛尔的版画都由策兰命名，而且通常保留德／法双语，他去世以后，吉赛尔大部分作品都标为无题。

策兰用以命名版画的语言，有别于其他的诗歌，是专属于这一命名的语言。长久以来被忽略的这一文本特点，恰恰是进入两人关系的切入口。相对于诗歌创作，策兰甚少在命名时使用德语"合成词"的能力，而倾向于使用单个词语及其组合。

两人常在信件中交流关于版画命名的问题："你记得吗，阿姆斯特丹旅行后我做的那四张版画，其中有一张就是'我会坚持'，谢谢你，为了所有这些美丽的名字"（1965 年 1 月 19 日），"你看，我按照你的要求把目录中 22 号作品的题目从'我会坚持'改为'荷兰记忆'。"[1]（1966 年 4 月 1 日致策兰）。1966 年 3 月 4 日致策兰的信中，吉赛尔提到亨利·米肖买了自己的 6 张版画，[2] 其中一张还没有题目：

1　这张作品完成于 1964 年 6 月，**策兰**从荷兰回来不久后。版画最初的题目受纳骚橙子王朝（ la dynastie Orange-Nassau ）的启发，为《我会坚持》（ *Je maintiendrai* ），它曾是王朝艰难时期的口号。1964 年圣诞，这张版画作为新年礼物被**策兰**夫妇赠予凯斯特机构（ Societe Kester ），彼时，版画题目已被补全为《我会坚持（法语）／荷兰记忆（德语）》。题目最终按策兰意愿改为法德双语的《荷兰记忆》（ *Souvenir de Hollande / Erinerung an Holland* ）。版画与荷兰之间的关系保留了下来，但题目的第一人称特质 - 第一人称单数就这样被抹掉了。

2　法国诗人亨利·米肖（ **Henri Michaux** ）曾用 1 万法郎（老法郎）买下吉赛尔 60

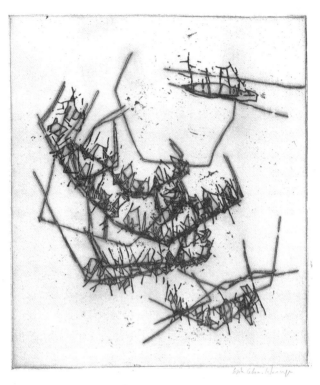

荷兰记忆 *Souvenir de Hollande - Erinnerung an Holland* 1964 铜版画 © 虞山当代美术馆

"它仍旧在等待一个名字和你从汉诺威的归期。"

总的来说，版画创作先于命名。但吉赛尔也曾在信中提及，她受到策兰某些诗句的启发，想要把诗句转化为一张版画："我尝试了好几次想把它变成一张版画，可是都没有成功。"（1954 年 3 月 25 日致策兰），但信的内容没有显示，在作品完成以后，策兰是否对画进行了第二次与原诗相关的命名。

对比目录中的版画和策兰的诗歌，诗与画名对应的情况有好几处，比如《暗蚀》和《在窄境里》。策兰曾在 1966 年 3 月写下了《暗蚀》的同名诗，而这张版画也是在 1966 年完成的。同样，在 1966 年创作的《问罪石》一诗中有 In der Enge，即"在窄境里"一句，也是吉赛尔同年创作的版画标题。而窄境则是策兰常用的核心词语之一，表窘境，困境之意，如《死亡赋格》，早期的《黑雪花》等等。此一情况可以视为另一种版画与命名之间的关系。[1]

图像作品的命名从来都是重大议题。尤其是抽象作品的命名，在吉赛尔生活的时代引发了艺术家与艺术理论家之间的长久争论。

作品的命名，早已不是依照作品的画面内容对其自身进行解释、解读，或者总结。命名与画面相对，保持一定的距离，画与字，图像符号与文字内涵之间构成一道意义和感受的网，观者往来其中，画的题目仿佛一层朦胧的大气，浮在作品之上，酝酿出独特的氛围。而命名内

年代的 6 张版画，其中包括：《痕迹》（Traces）、《今天》（Aujourd'hui）、《相遇》（Rencontre）、《凹版》（Aquatinte）、《黑 - 银》（Noir-Argent）、《彼处》（Là-haut）。

1　翻阅两人通信，遍寻不得关于这两张画或两首诗歌的交流。

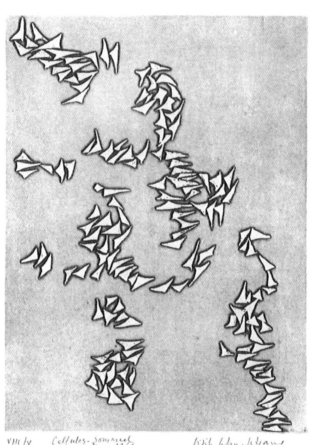

睡眠细胞 *Cellules Sommeils* 1966 铜版画 © 虞山当代美术馆

涵与画面意象之间的距离，则决定了氛围的张力。

以下列举一些策兰为版画所作的命名：[1]

战斗的气息
Souffle combattant / *Kampfender Atem*，1964

焦土
Terre brulée / *Verbrannte Erde*，1965

一个空白的长度
Le long d'un vide / *Einer Leere entlang*，1965

睡眠细胞
cellules sommeils / *Schlafzellen*，1966

确定
Certitude / *Gewissheit*，1964-1966

暗蚀
Enténébrée / *Eingedunkelt*，1966

波浪闭合
Les flots se fermant / *Zusammenschlagende Flut*，1967

图像符号是抽象的，比如《睡眠细胞》。锥形晶体群成组悬于灰色背景上，"睡眠"作为文字符号把观者引向意义，引发一切与"睡眠"相关的经验之重温，这时，即刻的视觉经验与由词语所引发的经验重叠了。而"细胞"的意义则更靠近画面本身的图像特点，同时又定义了睡眠的状态：成群的，碎的，颗粒的，画面由睡眠的大气所笼罩。"睡眠"本身亦无形体，此时，图像又反过来把"睡眠"具象化了。

抽象度更高的合作，例如《确定》（*Certitude* / *Gewissheit*），细线勾勒的人字形条状透明晶体密布于浅灰色背景上，以为基调，在这一层图像符号群之上，画家又用更粗深的黑色给出了一组聚拢在中心的黑色晶体群。现在无法知晓，策兰将题目定为"确定"的基础是什么，但可以确定的是，策兰掌握着我们没有的密码，吉赛尔创作的密码。

1　本书引用版画有部分译名参考孟明翻译，见其《暗蚀》《罂粟与记忆》等书。

确定 *Certitude / Gewissheit* 1964-1966 铜版画 © ERIC CELAN

通常来说，"确定"并非动作或物理状态，而是心理状态。作为一种经验，它的广度和抽象度要高于"睡眠"。吉赛尔曾向策兰描述自己对图形与意义之间的探索："最近，我在构思一幅画，画中将出现很多白色和丁香色——用来描绘雪和充满静谧的形状，就好比信心显现出的形状，或许我明天就会下笔，这些念头会变得明晰，也可能会消失、变形，又或画出来的东西跟我设想的完全不同，但总之我会先尝试。"对于像"信心"这样抽象不可描摹之态，吉赛尔试图以图像符号来表述，以可见的图形翻译莫可名状之经验。如果策兰事先知晓吉赛尔创作一幅版画时的密码，那么他所做的就是用诗的语言翻译出这一密码，反之，他需先阅读一幅画，在对画面的感受中重返无言，重获言说之欲，让画面发声。但无论哪一种情况，策兰的命名都能与版画画面在抽象程度上保持一致，这一点至关重要。

命名与版画来自同一精神源头，是声音对无声图像的翻译。而翻译，在策兰和吉赛尔的关系是一个关键动作。

在两人关系之初，策兰就开始帮助吉赛尔学习德语，为了让妻子更靠近自己的诗歌，策兰经常在信中附上诗歌的德语单词列表，随后还有整首诗的法语翻译和自己对诗的评论。这个习惯，一直维持到吉赛尔熟练掌握德语后——这恐怕是策兰唯一会主动翻译自己诗歌至法文的情形。

在法语和德语之间，在语言和画面之间，存在着一段极为幽深的裂痕，一段亲密的空白，致命的亲密。策兰和吉赛尔并肩站在这片空白中，为了说出这空白的源头（"临近／冰的蜂巢"，策兰在《呼吸结晶》中如此表述，多么透明，迷幻的起点），以不同的语言（也只能以不同的语言）传递着彼此间独特的密码。在 1968 年 12 月 23 日

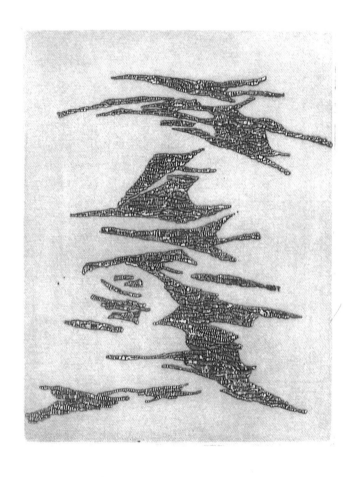

呼吸结晶 2 *Atemkristall 2* 1963 铜版画 © ERIC CELAN

写给策兰的信中，吉赛尔写道："我给你寄去我1969年的心愿单，我想这张小小的版画能比我自己表达的更好。"策兰对这种交流方式非常熟悉，一下子就理解了她的意思："你的版画是那么美，我看着它，我在其中读到你，重识你。"（1968年12月26日回信）。两人经常用诗和版画相互传递个人的密码，吉赛尔用画面，而非语言，用两者之间的空隙，更好的表达自己。那么，这一空白，这一裂缝或许才是两人关系的原点，不断返回空白，走向彼此，两人才共同创作出新的，同属于他们的语言。所以吉赛尔才说"这张版画能够比我自己更好的表达"。

吉赛尔的作品像是诗歌的指纹——策兰这样描述："眼睛的诗，意识的特异性腐蚀出的诗，在这诗中燃烧着一场目光与梦幻之间的谈话。"在1966年12月的一次访谈中，策兰拿自己的写作同妻子的艺术创作作比较："我也很熟悉素描，只是我的方式比吉赛尔的糟糕一些，我以真实的云的名义，为形状打上阴影，我忠实于我灵魂的现实主义。"

合作作品《呼吸结晶》产生在60年代上半，而他们之间关于艺术的对话早在50年代就开始了。在1955年的跨年会上，策兰夫妇收到由诗歌与版画《我们也想在场》（*Nous、nous voulons être - Auch wir wollen sein*）构成的祝福卡，这种形式启发了他们。

1963年《呼吸结晶》诞生。根据吉赛尔的说法，我们不能用"紧密合作"来谈论这本书，相反，它涉及相互的陪伴，一次"手牵手的漫步"。而关于册子中诗歌与版画的联系，她说："我的版画并非真正意义上对词语的图绘，它们不是无关紧要的配图，而是两者同存，因而造成了一种协调，一种内在运动。"

同年 10 月 16 日，策兰收到妻子寄来的一张版画，受此启发，创作了 5 首诗，组诗的最后一首完成于 1964 年 1月 9 日。同时，在 1963 年到 1964 年之间，吉赛尔完成了另外 7 张版画。她在 1967 年 10 月 10 日写给策兰信中概括道："一张版画，一首诗，随后是所有我阅读过的，活在其中的诗，渐渐向我走近，从中又诞生新的版画"。一次有意识而持续不断的翻译，吉赛尔一次次从诗走向无声，画面就此诞生。

这一年 10 月 30 日，他们为书定下题目：呼吸结晶。

他们首先致信给内斯克出版社，出版社后与圣·盖尔画廊[1]合作，并提出《呼吸结晶》的出版计划。他们信中提及的想法与后来实际出版时并不一样，而编辑出于出版经费的考量拒绝了策兰

夫妇信里的提议，再后来，布尔尼多出版社社长罗伯特·阿特曼（Robert Altmann）接收了出版计划，最终，《呼吸结晶》在 1965 年公开面世。

在 1965 年 3 月 29 日策兰写给妻子的信中，他说："在你的版画中我认出了自己的诗，它们的经过，是为了重新在场。"吉赛尔在 1966 年 1 月 4 日的信中对这句话作出了回应："你曾对我说，你在我的画中重识你的诗歌，对我来说，没有比这句更美，意义更大的话了。"

策兰一生中写诗赠予无数朋友和情人，但《呼吸结晶》却是一次共同创作。每一张版画，每一首诗歌后都是两人的"携手"，这极为罕见。也因此，策兰在这组组诗中使用了有别以往的独特诗歌语言。

1　内斯克出版社（Neske），圣·盖尔画廊（St. Gall. Apres），布尔尼多出版社（Maison d'Edition Brunidor）。

一段足够深刻的情感，不仅仅提供内容，更重要的是，它给出了新的形式，这形式超越任何一方感情主体以往曾有的语言和图像经验。如果想要表达这一溢出的部分，现有的语言已不够用，现有的形式已经不够容纳新的体验，只有从关系本身出发，把握这一新形式，使用崭新的语言来诉说，经验与表达才可能是贴切的。因此，"我只能从你身上取词，才可向你诉说我自己"，[1] 吉赛尔与策兰，一个从画面取出了词语，一个从声音中听到了图形，并以此相互倾诉两人之间的关系。

《呼吸结晶》的最后一张版画以及最后一首诗《擦锈》，这样结尾："时间裂痕的／最深处，／临近／冰的蜂巢，／等待，呼吸结晶，／你坚定不移的／见证。"[2]

只有在"你"的见证下，在"你"的目光下，"我"才能拥有作为"我"的资格，有了"我"的语法位置。

策兰曾说"吉赛尔和我构成了一"，但"只有当我是我时，我才是你"（Ich bin dich, wenn ich ich bin），他这样描述两人的关系，也是两人作品的关系，即为一体，又互相独立。

随后几年中，两人合作不断。例如，1966 年 6 月 2 日，策兰住在巴黎的圣安娜（Sainte Anne）精神病院中接受治疗期间，他随信收到吉赛尔的版画："我寄给你一张小小的版画，那是有一天我在等待一道咬噬的痕迹时做的。昨天，我把它和其它一些版画一起付印 ......"受到妻子这张作品的吸引，他赶紧回信（1966 年 6 月 6 日）："多谢你的小小的版画——我觉得它很美，或许配上一首诗，我们可以把它做成一张新年卡片。"于是，在 1966 / 67 年底《睡眠残片，楔子》（*Morceaux de sommeil, coins / Schlafbrocken, Keile*,1966）印刷面世，它由一张小幅版画和由版画启发而作的诗构成，策兰将其寄给身边的朋友们，上面写道："Nous restons semblable à nous-meme"（我们仍旧象／是我们）。

1967 年春，策兰夫妇分开。秋季，他们的两个珍藏本出版计划因吉赛尔的拒绝而中止。她首先拒绝了两个《Moisville 系列》（1966）之一，她这样为自己辩护道："我想它能试着独自走自己的路了。"（1967 年 10 月 10 日）同样，她拒绝与策兰的诗歌《刻符的增大》[1]（*Augmenter d'un signe gravé*）合作："你看，我不知道我还能做出与之相配的东西，我想，就让它保持原样吧。"（1967 年 11 月 3 日致策兰）。吉赛尔做了一个版画系列，其中包括《给保罗的证明》、《荣耀之灰》，吉赛尔将这个系列作为礼物送给丈夫。

小小的版画集是对两人关系的一次伤感的表达，她在 1968 年 12 月 23 日两人的结婚纪念日写给丈夫的信中如是说："已经 16 年了，依旧是 12 月 23 日，我们的日子。从此不会再有这样的年岁！我希望新的一年不那么艰辛。我知道你想听什么，但我现在还说不出来，我虽明白你目光所至，却无法做出回应：生活，如此不易。"
同时，他们两人的第二次合作确定下来，即出版物《黑关税》。多次推诿之后，吉赛尔宣布准备再一次与丈夫合作，这本书最终于 1969 年在布尔尼多出版社付印。

从信件内容来看，相对于出版《呼吸结晶》时两人之间的亲密交换，这一时期，吉赛尔似乎作出了更为主动的向诗歌靠近的努力："现在我每天都扑在这本书的版画上，我这一部分实在是一项大胆的工程。我只能试图去靠近诗歌。道目前为止，一切都不确定，但有三幅画已经成型了。"（1968 年 4 月 8 日致策兰）

直到 1968 年 10 月，吉赛尔仍因创作不顺而沮丧："为了这本书我一直在工作，然而并没取得进步，我没法达到你诗

1　《刻符的增大》（*Augmenter d'un signe gravé*），最终于 1968 年面世。

歌同样的高度，所以我只能不停重新开始，我折磨着铜版，却没做出什么好东西，我开始后悔，接着重新开始做别的，但效果无法令我满意——埃里克总能作出很好的评价，他也同样不喜欢这些版画；有可能，这批版画比《呼吸结晶》那组更严峻，更崎岖，当然，这并不是缺点。"（1968 年 10 月 29 日致策兰）

同年 11 月，版画终于完成，吉赛尔写信给策兰："我很勤奋地工作，现在我真心感到画中的某些部分很接近诗歌了。"（1968 年 11 月 9 日致策兰）

1970 年 1 月，离策兰自投塞纳河的日子不远，他给吉赛尔去了最后几封信，在 14 日的信中，他说：
"别离开我们的高度（孤独的）：它会滋养你。
我从来没如爱你（此刻仍爱着你）这般爱过其他任何女人。
正是爱的口述——这不容置疑之物——使我写下了这些句子。"

吉赛尔一直是沉默的，无声的，她是策兰生命中属于法语的那一部分，她以水晶般的透彻与无言守护策兰，守护两人之间的关系。

策兰与吉赛尔，两人终其一生，互译着空白。

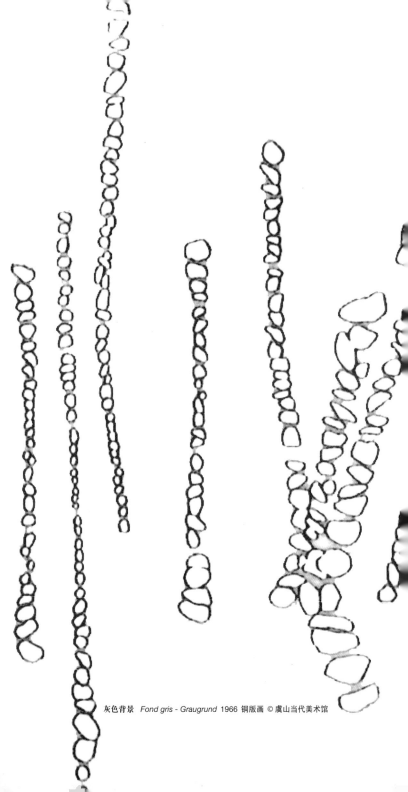

灰色背景　*Fond gris - Graugrund* 1966 铜版画 © 虞山当代美术馆

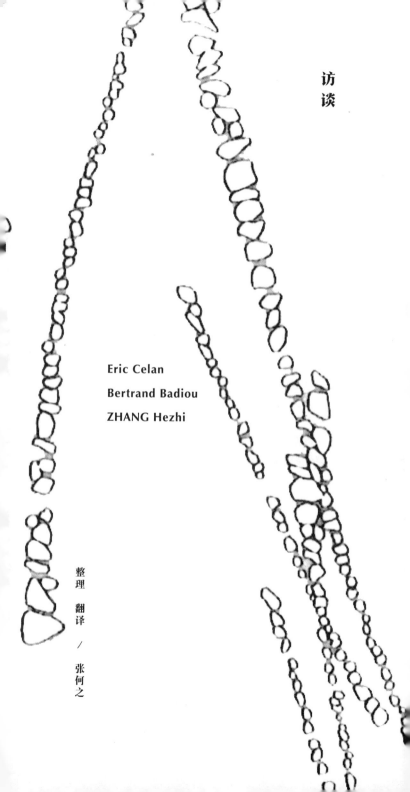

访谈

Eric Celan

Bertrand Badiou

ZHANG Hezhi

整理　翻译　/　张何之

采访者：张何之，法国高等社会实践学院（EPHE）在读博士，文中简称为 H。

受访者一：埃里克·策兰（Eric Celan），保罗·策兰（Paul Celan）与吉赛尔·莱特朗奇（Gisèle Lestrange）之子，文中简称 E。

受访者二：贝特朗·巴迪欧（Bertrand Badiou），巴黎高等师范学院（ENS）日耳曼文学系主任，策兰专家，吉赛尔·莱特朗奇，埃里克·策兰之友，文中简称 B。

访谈

H：上次您跟我提到过一些很特别的细节，譬如您小时候闻到从母亲的工作间传来的油墨香味，您还能再讲一些跟母亲一起生活时的片段吗？

E：当然。小时候我的卧室就在母亲的工作室隔壁，因此我常看她做版画，看她印刷版画，那种油墨香一直伴随着我的童年。她会用硝酸液，或者过氯化铁溶液，依靠其腐蚀性来制作铜版画（eux-forte），后者更传统也常规一些，比较温和。而硝酸则很烈，但它可以做出非同一般的咬噬效果。我记得有一天我母亲在工作，那时我正在隔壁自己的房间用她给我的纸和颜料画画，她走进来看了看，说："埃里克，你又把水打翻了"，我说"我没有啊"，但很显然地上有液体，她就把地板清理干净然后出去了。5分钟以后她又回我房间，还是觉得我把水打翻在地板上，可突然一瞬间她意识到那是昨晚的酸液淌在地上蚀出了很多洞……

H：她通常都在家工作，还是有时会去外面的版画工作室？

E：自从我们有了那间小屋以后，她在家做画的时间就比较多，刚才的故事就发生在那时。不过她也会去外面的工作室，那里有为画家准备的桌子和打印机，她在那里印版画，有一些版画是她自己印的，还有一些由印刷匠负责……

B：但也是在她的监控之下印刷的。

E：对，有一种"标准版"（bon à tirer），意思是，艺术家同印刷匠一起尝试印几版出来，其中成功的那张就叫做标准版"。

B：然后印版画的人就会以这一张"标准版"为基准继续印一定的版数。

E：接下来的几版需要向标准版看齐，当然，每一版之间都存在微小的差别，但总体来说，印刷版画的人能够将所有版印得清晰而统一。

B：那当然，他们都是很专业的。

H：您母亲教过您做版画吗？

E：这其实是一个耳濡目染的过程，我常看她做版画，因此对版画的一切都很熟悉，尤其是做版画的姿势，我母亲坐在工作桌前，身体靠铜版很近，像这样（埃里克·策兰表现做版画的姿势）。版画家需要事先想象铜版上的图案印在纸上的模样，这是一种重要的能力，因为有时那些蚀在版面上的痕迹很不错，但印出来并不是那么回事，两者之间是有差别的。

B：我也有幸亲见她作画。一开始，她在巴黎创作过一段时间，后来就经常待在莫瓦维尔[1]。其实我自己也有个

1　策兰与吉赛尔在布列塔尼地区的莫瓦维尔（Moisville）购置过一处乡间别宅。

问题想要问埃里克，我曾经去你母亲那儿，那时她正在作画，房间里放着音乐，所以我有疑问，是否在你小的时候她就有创作时放音乐的习惯？

E：我记忆中是有，我对长大之后她放音乐的情形记得比较真切，但毫无疑问，我们家一直有放音乐的习惯。

H：您为何特别注意到音乐的问题？

B：在读策兰与吉赛尔的通信时，我们会注意到她经常提到贝多芬，巴赫。音乐的在场其实创造了一种精神的敞开状态，有意思的是，绘画创作本身也是一项高级的脑部活动，但同时，绘画和写作又不完全相同，因为绘画需要敞开的状态，让事物在这种状态中主动显现。我认为对于吉赛尔来说，正是音乐供她进入这种状态，同时，在一定程度上，她也有意识地任由这样的显现发生。我个人认为，这是音乐对于吉赛尔的意义。而最令人印象深刻的是她的（创作的）姿势，创作的方式：在极小的铜版面上做出令人惊讶的细腻细节。譬如我们看这幅画（指着靠窗一某画），她进行近距离的创作，同时那也是为了让人在远处观看它。当我们后退，从近处退到远处，一切都改变了，这是印象派对她的影响。在这个层面上，吉赛尔是很独特的艺术家，她的创作正是为这种远／近切换的观看而为的。也就是说，作为观众，我们至少要兼顾两种视觉距离，远观——靠近——再远离。我把她这种对细节／全局关系的处理也归功于音乐，归功于音乐中无限细小的音节，如最弱音与最强音。她的作品里有一种平衡，而我现在越来越清晰地看到这种平衡，这是满与空之间的关系，在我看来，满与空也是亚州水墨艺术所关心的问题。

H：关于空与满，我也有类似的感受，在面对吉赛尔的

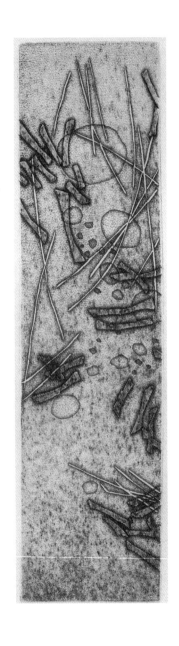

黑关税 12 *Schwarzmaut 12* 1968 铜版画 © ERIC CELAN

画时，我体会到其中的呼吸，除了造型本身，对空白有意识运用也是呼吸的关键。而且我还有一种感受，就是每次读策兰的诗，每次看吉赛尔的版画，无论我已经看过多少遍，我都感到第一次阅读般的新奇与冲击，或者可以说，于诗歌腠理及版画蚀迹中，有东西不断产生、出生，而这种"新生"，我觉得也与空白有一定的关系，不知道我的理解是否恰当。您能谈谈您的看法吗？

B：绘画展现事物、造型与现实世界之间的关系，而不是去模仿现实世界。绘画通过视觉经验，使自身处在与现实世界的复杂关系中，这其实是内在世界的展开。吉赛尔与策兰，他们在创作时都保持一定程度的沉默，并不完全说尽，在展开的同时又有所保留。事实上，在最后阶段，是我们完成这一整个"展开"。比如策兰的诗，我常说策兰的诗像碎片，需要我们去把它补全。也就是说，一切都在那里了，但并有完全被展开，而"去展开"则是读者的工作，在展开的过程中，读者成全了阅读本身。这才是策兰的双重馈赠，他保留了，或者说向读者许诺了亲自劳作的机会，我感到其中有种深层的美学与伦理学之契合，这也是他们两人可以一起工作的原因。没有必要把一切都说出来，吉赛尔也一样，她并不阐释，而总是处于"说"中，一直处在一种词汇中，她自己的词汇。在某种程度上，他们遵循着相同的法则，即某种"给出"（se donner），某种撤退式的保留，这激活了观看者，使他们变得主动。根本上来说，观看行为并不应该是全然被动的，我认为一幅真正的作品就该具有这样的特质。这一点同样适用于过去的作品，但对 20 世纪的东西还是更为重要一些，不过，我这么说并不是想赶时髦，就像当下流行的说法"作品只有在观看之下才存在"云云。说话得小心，无论如何，没有艺术家就没有观众，不应该把一切神秘化。当然，只要有作品，就有神秘性，它保证了作品的未来，因为这种神秘性使每一次对作品的感

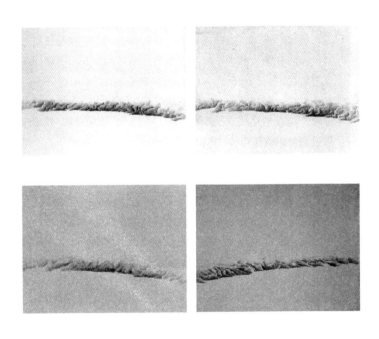

年关　*Fin d'année* 1989　速写（原图为彩色）© 虞山当代美术馆

知体会都能够保持自身的独立，保证观看主体的特殊性。不过，对作品的理解也随着时代而改变，今天我们看一幅作品，跟我们 30 年或者 50 年以后看同一幅作品是不一样的。因为作品总处在与各种实践的交错中，就像今日我们带着自己的遭遇去看这幅作品，很显然这跟 20 年前我们看它时的感受是不一样的，这正是其魔力之所在。

H：策兰的诗，吉赛尔的画能够激发读者／观众的创作欲望。当我看着吉赛尔的画，我感受到作品中大量的空，大量的留白，但同时，她又给予这空一个形式，有时是相当尖锐，痛苦的形式？

B：这空与满……

H：我说的不仅仅是视觉上的空……

B：当然，这就像音乐中的休止。

H：对不起，我还要插句话，留白对于亚洲艺术，尤其对于中国绘画非常重要。

B：是的。但我们要注意，空在吉赛尔的作品中并不意味思想之缺席，正如对于中国绘画，空并非一种缺席，这一点吸引着吉赛尔，她读过关于中国思想、中国文化的一些著作。

E：我小时候，学校教一些关于中国的东西，我父母就给了我这本书。（拿出一本关于中国绘画的书）

B：策兰在诗歌和信件中，处理空／满，言说／沉默之间的关系，他在诗歌里组织着空。就像我之前谈过的，空实际是对展开的召唤。就像在中国绘画中，以简单几笔

吉赛尔 Corse,été 1988 ursula sarrazin 拍摄 © ERIC CELAN

在山水间置入屋宇，剩下的东西需要观众自己通过想象去展开。你说的疼痛的特质，尖锐的特质，留白，她的作品对空可能有某种"表现主义"，但我们说话必须谨慎，因为这样的诠释或许过于"中国化"了。

H：是啊，我们得小心"解释"与"过度诠释"。

B：正是如此。此处涉及力之间的平衡，如果我们用象征的方式来表达，那是介于生与死，在场与缺席，缺失与满溢，所有相对元素之间的平衡，为了"说"，必须要创造空白"，借助"说"与"空白"之间的势差，才能说出某些东西。吉赛尔并没有在作品中传达信息，也没有在作品中翻译什么思想，绘画即是思想本身，它在不断地找寻自身，寻找自身的形式，这一点也很中国。所以，相对于一个西方的感知主体，吉赛尔的造型世界说不定能在东方读者中引起更多探讨。我现在这么说可能有点奇怪，我不知道你有没有看过那张照片，在那张照片里，吉赛尔的面容显示出某种东方性（埃里克·策兰展示照片）。

H：有时我觉得我们甚至离她的版画更近，当然，以某种特殊的方式，或许这种体会超出了作品本身的内涵。

B：不仅仅是版画，还有绘画。

H：我记得她有一张画，画面中心横置一条细小的山脉，山脉四周什么都没有，是悬空的，看到这张画时我惊呆了，我仿佛看到倪瓒的画，14 世纪中国伟大的山水画家。

H：吉赛尔与策兰一共合作过两次，分别是《呼吸结晶》和《黑关税》的创作。策兰作诗，吉赛尔作版画，因而这两部集子是理解两人作品之间关系的一个切入口，您清楚当时这两本诗集出版的情况吗？他们是如何合作

1979 年 4 月 15 日 *15 Avril 1979* 速写（原图为彩色） © ERIC CELAN

的？还有一个问题，我想先提出来，这样可以避免一会打断您的论述。当时我看到一幅吉赛尔的版画，脑子里立刻出现了"呼吸结晶"这个词，然后我去查目录，发现那张画确实属于《呼吸结晶》，所以说，他们的诗画之间有某种很深层的关系，共同性，但又不是简简单单文字内容与图式的对应，更多是精神气质上的相通，您怎么解读？

B：首先，所有这些版画的标题都是策兰起的。

H：全部吗？

B：从 1954 年到 1968 年，基本所有版画的命名都是。在他们的诗画中确实有一个很独特的世界，而且，有一点从来没有被好好研究过，即，策兰用来命名吉赛尔的版画的语言，是专属于这一命名的语言，这种语言与策兰其他诗歌的语言并不一致。比如"Souffle combattant"（战斗的气息），这种格式的词语我们在策兰的诗歌中是见不到的，它不符合策兰用词的习惯，是他在给吉赛尔作品命名时特别创造的用语。因此，这些版画的题目中包含着一个特殊的诗歌宇宙，这一点很少有人注意，很少有人提及。比如，在命名时，策兰甚少运用德语合成词的能力，也就是说把一个词熔到其他词中。只有"呼吸结晶"，但"呼吸结晶"并不是版画的标题，而是他与妻子共同完成的诗集的标题。你想探寻他们两人一起工作的方式，这很复杂，例如"呼吸结晶"，在这本诗集中，激发不断往返（aller-retour）于诗歌与版画之间，不可简化为谁影响了谁，刺激并非单向的。不过我们倒是可以说，就这本诗集而言，确实是版画首先激发了诗歌，一些版画技巧的专业词汇贯穿着诗歌。所以确实也可以说策兰受到她妻子的激发，注意，这里所说的激发不是仅仅是来自作品的激发，还有作画这一过程本身的激发，他看到

战斗的气息 *Souffle combatant* 1964 铜版画 © 虞山当代美术馆

她创作的场景，她的姿势，酸，腐蚀，所有这一切，像酸腐蚀铜版一样腐蚀着策兰的精神。他自己也使用过"腐蚀"这个词，并且是某首诗中最关键的词。大部分法／德双语的标题，都是针对独特的版画世界而做的语言学发明。作品的命名，是绘画传统中是一个很大的论题。可以这么说，《呼吸结晶》和《黑关税》中的诗歌，是策兰诗为了吉赛尔，为了走向她而创作的，同时又受到后者版画的激发。在此意义上，这本诗集非常有趣，但这一点并没被好好研究过，包括策兰自己做的翻译，也没有被充分研究，策兰自己把法语译成德语，德语翻译成法语，他如何翻译，这很关键。

E：我父亲写过一句话，大概是在书信集中……

B：对，那句话"我认出自己的诗……"，应该在书里，65年那部分书信（开始翻书），我觉得是在这几页，不过也可能搞错。那是一句很简短的句子，刚刚我还记得，现在一下子又想不起来了。你有布若金的那本目录吗？如果有那本书的话我很快就能找到那句话，策兰写过一些关于的吉赛尔的很美的句子。

E：就是那句。好像是我父亲走进我母亲的工作室，写在一张包铜版的纸上……

B：（朗读）"在你的版画中我认出了自己的诗，它们的经过，是为了重新在场。"你看我记得没错，就是1965年。这话写于吉赛尔的生日后没多久。

E：我父亲从来没有跟其他任何艺术家合作过，这跟很多其他诗人都不一样，他只跟我母亲合作。像《呼吸结晶》以及一些小型珍藏版诗画集，他们在其中的合作与对话，提供了很重要的信息。

呼吸结晶 6 *Atemkristall 6* 1963 铜版画 © ERIC CELAN

B：每一张版画都与诗歌紧密相连，出版时，版画的位置并非与诗歌相面对，而是紧随诗歌之后，两者非平行，但形成对照，诗集的构成很复杂，正如策兰所写"我亲见你的画诞生于我的诗歌之侧，诞生于我诗歌之中，你知道，《呼吸结晶》为我打开了诗歌的秘径"。

H：在《呼吸结晶》这本诗集中，策兰使用了不少"地质学"词汇，譬如"玫瑰裂"，如你所说，这里涉及到他使用一种特别的词汇去靠近吉赛尔的版画，去翻译吉赛尔的版画。那么这些地质学词汇的使用，跟吉赛尔版画的特点有关系吗？

B：这些地质学词汇取自专业术语。策兰对词有很浓的兴趣，所有确切的词，所有精确描绘事物的词都吸引着他。是词本身吸引他，"玫瑰裂"这个词，受损伤裂的玫瑰，这个词语本身的"表达性"吸引着策兰。而策兰，他反过来使用这些词汇去命名一些毫不相关的非技术性的东西，这个词就成为了他诗歌的语言。因此，这里涉及到这些词语的"转义"（detournement），语言本身给出词语，语言发明了这些词，又记录下这一发明过程。在语言中，一直有这样命名性质的，技术性的词汇。比如说在海洋学中，策兰一直对各种语言的海洋学词汇有着浓厚的兴趣，他在一首名诗中使用了大量奇妙的海洋学专业词汇。因为这些词本身太特别了，太妙了。比如有个词"Laufenkatze"，直接翻译为正在奔跑的猫，多妙。很显然，策兰对词充满热情，他的天才之处在于用这些词入诗。词语本身的妙处是一方面，但策兰将词引入自己的言说中，融入自己的句法内，这才是最重要的，而不是去顺从这些词。词语激发"说"的欲望，或者说，对诗人或其作品来讲，无限的并非言说之内容，而是说言说之欲望本身，是用另一种方式来说，"异言"（dire autrement），"复言"（encore dire），我自己一直都有想要换一种言说方式的欲望，再次言说"它"的欲望。而对于策兰，我们知道这个"它"是什么，他需要选择说的方式。这还涉及到历史事件、历史环境，策兰一直离当下正在发生的事情很近。换一种方式言说，对于策兰来说就是和那些他正在读，正在迎接，正在听，正在看的词相遇，这正是他异说的方式。策兰的诗歌一直处在演变中，正是因为各个时期的阅读引入了完全不同的词汇，这对吉赛尔来说也是一样的。如果我们看一看她初期的版画，我们就会知道，吉赛尔的创作终其一生都在变化。在不同时期，某种特性，某些个人世界回应了他们对于"异说"的需求，而这异说的方式则与"相遇"紧紧联系在一起，这里所说的相遇可以是符号层面的相遇，作品层面的相遇，情绪情感层面的相遇。比如吉赛尔去看修拉（Georges Seurat）的展览，她就一定被这次看展的经验改变了，我先前提到的音乐也是这样，音乐引起的节奏性情绪，带给吉赛尔一种物理的，身体的观看法，最终转化为一种姿态／姿势。这是我们能够在策兰和吉赛尔两人作品中共同观察到的诸多变化之一，这种变化与"异说"之需要密切相关。而最惊人的，莫过于这两个人终其一生一直在更新，你也知道，有很多知名的艺术家，一辈子只在重复自己。

H：关于策兰和吉赛尔的关系，我们一开始就是从作品进入的，似乎颠倒了，现在您可以跟我说说策兰与吉赛尔相遇时的情况吗？在那个时期，吉赛尔已经投身艺术，已经开始做版画了吗？

B：那时她经过了学院的艺术训练，已经是一位艺术家了，她画一些画，但还并未开始版画创作，对版画的兴趣始于结婚后两年，即1953、1954年左右。她遇到策兰时就已对诗歌非常感兴趣了，读了很多德语诗歌的法文译本，比如里尔克，还有卡夫卡的文本。这些书对策兰来讲都是他个人世界和文化积累中很重要的部分。即使那时她还未读到策兰的诗，这些阅读也都把她引向策兰。在他们相识的初期，她便开始在策兰的帮助下学习德语，如果你读他们的通信集，你就知道她打从一开始就对策兰的诗歌有浓厚的兴趣，她一下子直面一位诗人。摆在她眼前的是德语，是诗人，而最最感人之处在于，从她与策兰相遇的那一刻起，她便洞见了伴随这相遇而来的巨大艰辛和不寻常，她用某种方式准确地预见了这一切。她知道前路之难，之独特。提起吉赛尔，我脑子里最先想到的是艾迪·皮亚芙的那首《我无怨无悔》，一首很动人的歌。在她生命的最后时刻，她说"我的生命就要终止了，但我拥有一个非同寻常的人生，它是如此奇妙，而这奇妙的经历始于同策兰的相遇"。她与策兰诗歌之间深层的联系对她的作品和言说都非常重要，她说，她版画中最大的力量与浓度都与保罗·策兰相关。这很难表达清楚，就好像策兰生命能量中的某些东西，他的呼吸，活在吉赛尔身上，被她所接纳，从某种程度上来说，吉赛尔在她的作品中处理了她自己与策兰之间独一无二的关系。这经验本身又给予她面对这一经验的能力，给予她在各种层面上激活这种经验的能力，如果挪用斯宾诺莎的概念，这种经验让她在自己的极限中拥有了空间（espace）和愉悦（joie），拥有愉悦的空间，这愉悦并非天真之乐，而是斯宾诺莎意义上的愉悦。她具有传输（transport）之能，具有里尔克所描绘的，女性强大的爱他人的能力。她对茨维塔耶娃有很浓的兴趣，这一点毫不意外，策兰也喜欢她的诗歌。吉赛尔在 1985 到 1990 年之间读了很多的茨维塔耶娃。有时候她会买两本茨维塔耶娃诗集，送我一本。因此在我的书房里有不少她的诗集，都是来自吉赛尔的礼物。这绝非偶然，茨维塔耶娃的诗也有"传输"之能，有不可思议的巨大能量。这一切的一切都贯穿着她的作品，贯穿她的美学时刻，贯穿那些最戏剧化的时刻，比如她最后的版画。尽管环境变化，这些东西始终伴随她，构成她的主体（corps）和个人世界,并与对诗歌的记忆相连,包括策兰和其他诗人的诗歌。吉赛尔读很多书,书不离手,她遇到不同的作家,跟年轻的诗人合作,倾听各式各样的人,她有关心他人的能力,罕见的敞开性(disponibilité)。因此,与策兰的相遇对她来说是决定性的,因为一切由策兰的激发东西都被实现了,都找到了方向,展开,并最终实质化。当然其中有吉赛尔自己,可是这次相遇似乎引导并实现了某种东西。正是在这种意义上,她的作品与诗歌有种深刻的内在联系,图像世界,造型世界与诗歌世界之间的内在联系。就像是诗歌刻在了她作品的深处,我们能够感觉到这一点。她的作品被文学深深滋养,却又不是文学作品,这非常厉害。不是文学的图像化或者对文学的描绘,这里头有种更深刻的关系,好比图像取代了文字的位置,是由精神世界带来的图像,文字世界带来的图像。这是我的看法。而关于策兰与吉赛尔之间的关系,他们的相遇,我想通信集已经完成了最棒的叙述。他们之间的第一封信是如此惊人,而恰恰是吉赛尔开启了对话之机,是她写了第一封信。

H:对,其实我很惊讶,是吉赛尔写了第一封信。

B:是的,而且相当动人。

H:第一封信中,我注意到一个词,而且这个词会反复出现在往后的信里,她说,她在与策兰相遇时感到一种巨大的"宁静"。

B:对对,吉赛尔终其一生都在守护这份"宁静",即使经历了所有的一切,即使遭遇如此极端的境遇,她都会守着这"宁静",这就是为什么我之前会想到《我无怨无悔》这首歌。这是一种能够统一生存,统一艺术,统一其复杂性,其极端性的能力,统一一切在悲剧中会倾覆的东西,以另一种方式去承担。他们用自己独特的方式诉说了他们的相遇。这部通信集之所以这么有意思，因为两人的对话活生生地刻写在生命时间维度中，或者说，它即是这个生命时间的话语。这些对话谈论身边的事情，包含了对事物的思考。因此，这本书信意义非凡，是不可取代的文本资料，因为没人能够越过他们自身的言说而接近他们的存在，没有别的捷径。对我们法国人来说，这用法语写成的通信集特别珍贵，通过通信集我们了解到埃里克童年时所听到的，他父亲独特的法语，我们看到这个男人如何发明法语来说出自己的句子，我们了解到他同时是一位伟大的法语作家。无论他在世界哪个地方，他都会是那种方言的天才，语言作为中介，他有能力掌握这个中介并借此言说。

H：埃里克先生，您还能记得您父母相处的方式吗，或者一些特殊的时刻，像后期，您父亲精神状态比较糟糕时……

E：我曾面对我父亲的精神疾病，他发病很早，因此我母亲必然经受了更多。没有人能准备好去面对这样的时刻。而我母亲总是试图向我解释我父亲的疾病，她根据我的年龄来选择措辞，一点点直到我长大。她作为母亲是十分耐心的。就是 B 说的，我母亲对人很耐心，很友好，也很温柔。她就这样一点点跟我解释父亲的疾病，这种跟疾病的对峙当然是相当困难也是很激烈的。

B：你应该读到过策兰写给埃里克的信，太惊人了，他对一个孩子说话的方式，解释事物的方式，他能够抓住一件事的核心又用一个孩子能够理解的语言表达出来。

B：（对埃里克·策兰说）你认识的吉赛尔跟我后来认识的吉赛尔并不是完全一样的一个人了，当然你在往后也发现这种变化。

E：当然，我觉得如果我们好好读那些信，我们能够发现吉赛尔的变化，从一个羞涩的、纯真的年轻的女人渐渐成熟。她的成熟伴随着跟我父亲在一起的并不那么轻松的生活，正是她积累了一生的经验。所以当贝特朗遇到我母亲时，她已经是一个很成熟，跟从前很不一样的女性了。

B：她说话很动人，很幽默。

E：我觉得当她还年轻的时候，她有着更谦逊，谨慎的一面。当然，终其一生她都是比较谨慎的。但是后来我们所认识的吉赛尔会更幽默一点。

B：是个很有吸引力的女人，人很容易就会爱上她。就算是只有 30 岁，好比我，我认识他的时候差不多就 30 岁。

H：您认识她大概是在什么时候？

B：我 1984 年认识她，那时候我很年轻，还不到 30 岁。

H：您是如何认识她的？

B：那时候我正在翻译策兰的诗歌，她就请我去她家做客。她真的是一个很慷慨，能够接纳别人的人。因此我们才能交谈，我才有机会跟她建立某种联系，这种联系直接影响了我的人生。如果没有遇到她，我不会是今天的我。同时，她对我的期冀，对我的要求，也促使我能够去够完成这些事。如果没有她对我的信心，没有她对我的各种期许，我绝不会成现在的我。

H：怎么说？

B：我发展了吉赛尔的目光，一个人能有机会进入另一个人的目光，而这另一个人甚至比你自己更清楚你的能力，这是决定性的。即使我与她的友谊很短暂，从 1984 年到 1991 年，但我能记得我们相处的每一个阶段，我很珍惜这段时间。这也是策兰在他生命中所面对的问题，他感到与时间的契约。时间性，当你想想策兰所作的一切，还有吉赛尔，他们所做的事是如此惊人。回顾那 7 年，我感觉到时间可以膨胀，在不同的环境下，在不同的关系类型中，显然，当我们认识大概五六年时，我们变得更加熟悉，更加亲近，而我自己也改变了不少。所以这是一段即短暂，又具有启发性的时间，即使到了今天，我仍能够将这段时间展开，发展，放大，好像这段时间被折叠了一样。这段关系充满魅力，没有任何陈规，但又十分婉约，十分谨慎，我们都能投入其中，都能互相给予，能言说，不加掩饰，无谓社会陈规，相互之间无门第之见。她最终在乎的是个体本身。如果她跟某个人建立起一段关系，那么在这段关系里吉赛尔一定是在场的。对我以及我的生活而言她是在场的，她关心我生存问题，爱的问题，她从来不会讲"这不是我的问题，这跟我没关系"，她不会把个人分成三六九等，她全心全意地关心他人。

H：这需要很大的能量 ……

B：是的，能量，恰恰是与他人的关系。吉赛尔并不以自我为中心，她真切地处在与他人的关系之中，当然，首先在她与策兰的关系中，这一点表现的很清楚，她能够展开所有她倾听到的内容。这是她的独特之处，一方面她有一种女权主义者所没有的谦逊，另一方面她又是全

天壤 *Terre de ciel 2* 1983 速写（原图为彩色）　© ERIC CELAN

然在场的 ……

E：她是个很自由的女性。

B：是的，自由的女性。在策兰去世之后，她经历了非常糟糕的状态，她感受到了绝对的丧失，但她最后还是重新建立起自我，并且重新发现了一种力量，新的能量，新的作品，在创作中更新。在她的作品中我们能很清楚的感到这一转变，策兰死后，有一种深层的变革在其作品中不断积累。

E：在60年代时她的作品就有改变了，她开始由版画转向绘画，水彩，彩色铅笔，等等。

B：一次向传统的回归。

E：她大量处理地理与风景的主题，树木，大地，天空，等等。

B：她的个人世界经历剧变，作品也变化了，其中多了一种"即时性"（immédiateté）。

E：我母亲的工作量很大，一方面是她自己的工作，另一方面她还要处理我父亲的作品、手稿、信件，此外她还有丰富的社交生活，经常会见一些年轻诗人，她生活的浓度是惊人的。

H：就您所知，吉赛尔关注亚洲艺术吗？

B：是的，埃里克可以证明这一点。我知道吉赛尔会去塞努奇亚洲美术馆看展，家里的展览图册证实了她对中国绘画以及日本版画的兴趣。她也阅读相关书籍，比如程

吉赛尔在巴黎的工作室，1991 年 © ERIC CELAN

抱一。所以这并不是我主观的印象，她确实对这类绘画充满兴趣。而她的独到之处可能在于，她将这兴趣与另一种传统结合在一起，另一种传统是康定斯基（Wassily Kandinsky），是抽象画，是印象派。我能忆起她对一次修拉（Georges Seurat）画展的热情，以及她对安东尼·华托（Jean-Antoine Watteau）的喜好。她持续找寻能够激发自己的艺术。关于对颜色的敏锐，我忘记一个重要的参照，那就是浪漫派绘画，比如弗理德里奇（Caspar David Friedrich）这样的画家，以及同一时期其他的画家。因此，我觉得在她的画中东西方皆有。

H：她是否受到过与她同时代的艺术家的影响，比如贾科梅蒂（Alberto Giacometti），她在信中多次提到他。

B：贾科梅蒂，没错，我想起来她确实对贾科梅蒂很感兴趣，在她的版画中甚至有一张名为"向贾科梅蒂迈近"。

E：是"向贾科梅蒂致敬"。

B：正是如此，有两张版画暗示了她与贾科梅蒂的关系。为什么我这么清楚，因为她有一张画叫做"临近"，一次我写信给她，提到贾科梅蒂，那时候我还不知道有另外两张跟贾科梅蒂有关的版画存在，我跟她谈到《临近》这张画时我说"我觉得很奇怪，就像是你在你的画中诠释了贾科梅蒂的雕塑"。她微笑，但什么也没说。三个月后我来到巴黎，她送给我一张《临近》，真的，她特意为我印了一张，然后跟我说"你一点也没弄错，这张版画确实与贾科梅蒂有关"。她给我这张画时亲笔签了名，这画之后就再没有印过了。

E：我母亲的版画通常不会印太多，一般设定 30 份左右。她会先印几张，等有需要时再印一些，但一般来说都不

79

会印满版数。

B：我觉得我们应该要避免使用"影响"这个词，而要谈论贾科梅蒂的世界对吉赛尔的激发，因为无论是贾科梅蒂的绘画还是他作画的方式都跟吉赛尔非常不同。另外一个很重要的画家是西马（Joseph Sima），西马本人也经常与诗人合作，比如勒内夏尔（René Char）。勒内·夏尔写过一篇非常美妙的文章，题为"风景与西马相遇"，"风景与……相遇"这个句式太棒了，因为这涉及到一整个世界。我记得吉赛尔在一封信中提到过西马。除他之外还有那个慕尼黑画家，那个画家的个人世界也一样打动了吉赛尔。所以，有些很特别的个人世界，但又不像贾科梅蒂那么名声大作的画家，比如西马，他算是一位画家中的画家。她对各种不同的绘画抱着开放的态度，比如她很喜欢培根（Francis Bacon）。

E：是的，她确实对培根很感兴趣，我记得我们一起去看过培根的展览。

B：我不知道这事，这也是我的疑问。除此之外，我记得还有一个西班牙画家，表现主义，抽象表现主义或者说是那个时代的表现主义。吉赛尔对这个画家很感兴趣，但她又稍微站在这个表现性世界的外部。她关注各种绘画实践。

E：我母亲非常熟悉艺术史，她有很多这方面的书，在我家有各种各样展览的图册，以及艺术史书籍。她经常去看展，对当下艺术界发生的事情保持高度的敏感和兴趣。

B：还有一个艺术家，他的作品一再被出版，并且对其同时代的艺术家产生了很大的影响，对于吉赛尔来说，塞加斯是一位大师，是版画界的天才，他在他那个年代已经有了单版画制作的想法。他非常穷，以致有时他不得不用自己的床单来印版画。他还会往墨中倒果汁造成背景染色的效果，充满奇思。对于吉赛尔来说，他就是版画界的天才，最伟大的版画家。他的版画提供了一种观看版画的范式，也就是说在此之前，版画并没有那么受人欣赏。当然，16 世纪版画，16 世纪绘画，文艺复新的绘画也很重要。这些都是理解吉赛尔艺术世界的坐标。

姓
名
的
玫
瑰

访谈小记：姓名的玫瑰

采访时值初夏，巴黎尚有些寒意，但阳光却明亮异常，透过埃里克家两扇大窗照暖屋内陈设，一个人独居生活的琐碎袒露无疑。整个下午，我们三人围坐在一张木方桌前，除了偶尔起身调节坐姿，其他时刻都静止着，整个屋里，只有声音，携带着意义，不安地往来。

访谈持续了将尽两个半小时，结束时已是傍晚，对面建筑在地板上拉出顾长的影，随时刻迅速变换位置。这是日与夜的拉锯，是说不清是晦暗还是明亮的飞鸟的时刻，直到天色抖然一亮，紧接着，便是白昼彻底的败落。我眼看着埃里克和贝特朗的面孔就这样被夜色啃噬模糊，很难辨认了。词语已相当疲倦，我也因长时间的使用一门外语而虚脱，三人之间悄然堆积起小小的沉默的水晶。这时，埃里克突然灵机一闪，从书架取下一本相册，我顺着他的手指，见到照片上策兰与吉赛尔的面孔，我即刻想起了策兰那个绝妙的词：晚脸。

"只是路对面那家疯人院会传来歇斯底里的叫声，"埃里克打量着自己的公寓说，"那声音清晰到能够辨认它究竟是出自哪一间病房，邻居就会致电医院说，几几床又在叫了，麻烦你们管一下。"我注意到他说话时不停打量我和贝特朗的反应，就像站在舞台上表演魔术时注意观众的反应一样，埃里克·策兰曾是一位魔术师。

对于像我这样的策兰／吉赛尔读者，埃里克的魔术表演不只发生于舞台，更时时刻刻展现在他的生命中，那是时间的魔术，面容与血缘的魔术。我感到文学的时间与生命的时间，在当下一刻因埃里克而交叠，所发出层层的光晕。

策兰外出时常会给小儿子埃里克写信，用一种简单易懂但极其准确的法语为这个孩子解释周遭的世界。阅读这些信时，我总忍不住猜想，策兰和吉赛尔究竟会在埃里克身上留下了怎样的印记？但实际上，我所认识埃里克与想象中的他绝然不同，他不善言谈，天真而羞涩。当我向他提出进行一次访谈的建议时，他显得很紧张，并立刻要求贝特朗一起参与："甚至是我自己的记忆，他都比我更清楚，年份，月份，文字，事件，都在他的脑子里，他就是本策兰活字典！"。

同时面对埃里克和贝特朗意味着这是一次交叉访谈（interview croisé），也意味着我需要面对两种经验：个体的生命经验，以及学术的文本经验，它们分别对应日常语言和学术语言。因此，在准备访谈提纲时，我花了很大一部分时间去考虑如何协调这两种语言与经验，对我来说叙述记忆（mémoire écrite）和活记忆（mémoire vivante）同样重要。

贝特朗自木方桌前站起来同我握手那一刻，他原本陷在座椅中的高大身形霍然而起，如山一般投下巨影，他热情一笑，随即又坐下，重新陷入颓态。我太熟悉他面容中的疲惫与涣散，那是典型学者式的疲倦感，思维高度运转之下表皮的终极疲倦，只有在疲倦中，众多矛盾的特性才能暂时和平共处。可一旦进入交谈，他的精神面貌就为之一变，其面孔，其语言，其思念，都如火焰般于眼前燃烧，充满魅力。

向 G 致敬 *Hommage à g* 1965 铜版画 © ERIC CELAN

贝特朗以他缜密的思维和常年对策兰思考的积累引导着访谈的流向，他对提问非常敏锐，能够将交谈引入问题所能达到的最大深度，因此，对问题的解读一再超越了提问本身。他解释而不叠加意义，对吉赛尔的作品、人生、以及她与策兰关系做了最细致深入的阐明。正如访谈中所说，一部好的作品能够激起言说的欲望，那么在交谈中，贝特朗的回答则不断激发了新的问题，两个小时的交锋，几乎耗尽了所有精神。

晚饭后，埃里克、我、贝特朗、还有晚些时候赶来的孟明、谭华夫妇几人站在门口茶几旁抽烟，埃里克指着桌上深蓝色的烟灰缸说："这是保罗·策兰生前常用的烟灰缸。"

我看着那团幽蓝色在夜晚透出迷一般的光，又感到时间纷繁复杂的迷雾了。所有这些因策兰而相聚的人，我想，他们通过回忆，研究，翻译，交谈的方式，通过对当下一刻时空的共享，在某种意义上，也不断进行着对策兰及其诗歌，对吉赛尔及其艺术作品的再言。

最后，我要感谢策兰全集的译者，诗人孟明先生、以及小说家谭华女士，若不是他们夫妇俩将我介绍给埃里克和贝特朗先生，便不会有这一次访谈。

版画与诗

保罗·策兰手迹 《睡眠残片，楔子》

Morceaux de sommeil, coins / Schlafbrocken, Keile 1966 © ERIC CELAN

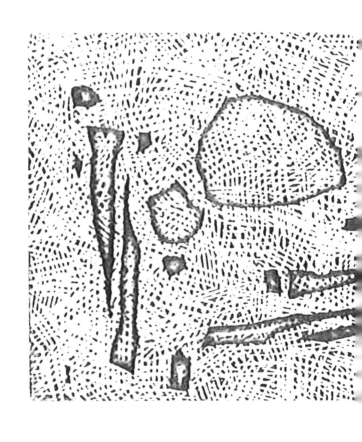

睡眠残片，楔子 铜版画，吉赛尔于 1966 年作。
策兰据此铜版画写诗《睡眠残片，楔子》（*Morceaux de sommeil, coins /
Schlafbrocken, Keile*）。孟明译。© ERIC CELAN

睡眠残片，楔子

睡眠残片，楔子，
揳进了乌有乡：
我们始终还是我们，
转来转去的圆星
跟我们同道。

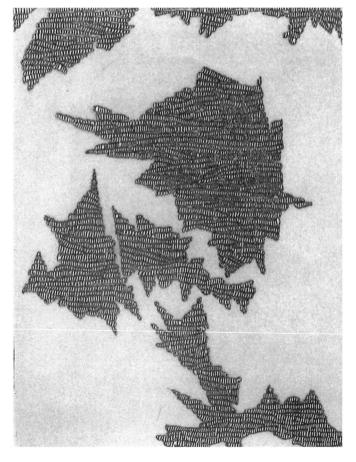

呼吸结晶

时间裂痕的

最深处，

临近

蜂窝状的冰，

等, 呼吸结晶，

你坚定不移的

见证。

呼吸结晶 3 *Atemkristall 3* 铜版画
出自 1963 年出版的策兰和吉赛尔的诗歌版画合集《呼吸结晶》 诗：孟明译。© ERIC CELAN

Schwarzmaut

Mit mikrolithen gespickte
schenkend - verschenkte
Hande.
Das Gespräche, das sich spinnt
von Spitze zu Spitze,
angesengt von
spruhender Brandluft.

(GW 二 237)

黑关税 2 *Schwarzmaut 2* 铜版画，出自 1969 年出版的策兰和吉赛尔的诗歌版画合集
《黑关税》，诗：孟明译。 © ERIC CELAN

年谱

编译／张何之

1927 年 3 月 19 日

吉赛尔 - 莱特朗奇（Alix Marie Gisèle de Lestrange）在巴黎出生，母亲奥黛（Odette），父亲莱特朗奇伯爵艾德蒙（Edmond comte de Lestrange），为他们的第三个女儿。

1939 年

战争开始，全家搬至祖父名下房产波伏瓦城堡（Château de Beauvoir）。同年，父亲应征入伍。少年吉赛尔以走读生的身份进入西翁圣母修道院（l'école du couvent Notre Dame de Sion）。

1941 年

回到位于巴黎细语路 74 号（avenue de la Bourdonnais）的公寓，同年进入巴黎灵雀女中（l'école de filles Les Oiseaux）。

1943 年

父亲去世。

1944 年

自细语路 74 号搬至瓦格大道 152 号（avenue de Wagram）。

1945 年

秋，进入巴黎雅利安美院（l'Académie Julian），课程包括油画和写生素描。

1949 年

夏，自美院毕业。

1951 年

毕业后，以独立艺术家的身份继续进行速写和油画创作，同时在艺术与民俗美术馆（Musée des Arts et Traditions populaires）做临时工维持生计。那时的吉赛尔热衷于诗歌，在美术馆认识伊萨克·西娃（Isac Chiva）之后，后者把她介绍给出生于罗马尼亚的犹太裔德语诗人，保罗·策兰，两人的恋爱关系大约始于同年 11 月。

1952 年

策兰开始向吉赛尔教授德语，为了让她读懂自己的诗歌，策兰经常在信中为对方解释部分德语词汇，有时甚至翻译全诗。

12 月 23 日，不顾母亲与姊妹的反对，吉赛尔与保罗·策兰两人在巴黎五区市政厅结婚。见证人仅有为数不多的几位友人。这段时间，两人暂居于学院街 32 号（Rue des Ecoles）的奥尔良旅馆

（l'hôtel d'Orléans）的一间客房。

1953 年

夫妻两人搬到吉赛尔家族所有的公寓，位于罗塔路 5 号（rue de Lota）。

7 月，两人的第一个孩子弗朗索瓦（François）出生，三十天后不幸夭折。

11 月，两人去意大利度假散心。

1954 至 1957 年

一直在巴黎的弗里德兰德工作室（l'atelier Friedlaender）学习版画技术。工作室创始人，波兰裔法国画家、版画家、插画家约翰·弗里德兰德（Johnny Friedlaender）是当时巴黎学派的代表人，彩色版画界的大师。但两人的关系最终以破裂告终。

1955 年

参加在巴黎"风楼画廊"的版画群展。

6 月 6 日，吉赛尔和策兰的第二个儿子埃里克（Claude François Eric）出生。

7 月，全家搬至孟德维迪亚路 29 号（rue de Montevideo），吉赛尔家族名下的公寓，与吉赛尔的姐姐同住。

1957 年

11 月 19 日，全家搬至陇上路 78 号（rue de Longchamp）一所四室的公寓。

1958 年

添置一台小型打印机，从此不再出入弗里德兰德工作室，转而在自己的宅邸中创作版画。

6 月 14 日到 20 日，借乌珀塔尔（Wuppertal）展览之机，策兰夫妇来到德国。

1959-1963 年

版画创作中断，尝试综合材料和水彩创作。

1960 年代

版画创作的第二个探索期

技术上，她尝试混合各种版画技术: 干点法（pointe sèche），腐蚀铜版法（eau-fort），凹版腐蚀刻版法（aquatinte），阴刻和阳刻（relief en rehaut et en creux），技术等丰富性让她获得最广的基调，惊人的凹凸效果和细腻的透明效果。同时，继续发展自己的图形库。她钟情于类似矿物结晶结构的图形; 球锥晶, 长联锥, 针锥晶, 发雏晶, 串珠锥晶, 这一时期的作品比如《一次空的长度》（Le long d'un vide-Einer Leere entlang，1965）、《睡眠细胞》（Cellules sommeils-Schlafzellen，1966）、《即刻》（D'emblée-Ohne Weiteres，1966）展现了这一面。

1961 年

1 月，考虑到高尔事件的恶劣影响，吉赛尔向策兰提议暂时离开巴黎一年，但计划未果。

3 到 4 月，一家前往瑞士蒙塔娜（Montana）地区度假，走访了里尔克生活之所。

1962 年

吉赛尔和策兰在布列塔尼地区的莫瓦维尔（Moisville）购置了一栋乡间别宅，并搬入。

秋季始直到 12 月，受高尔遗孀攻击的影响，策兰经历了第一次精神崩溃。年底在回巴黎的火车上，策兰扯掉吉赛尔脖子上围着的黄色围巾，因为那黄色令他想起犹太五角星。

12 月 31 日至 63 年 1 月 17 日，策兰入住塞上艾比尼医院（la clinique d'Epinay-sur-Seine）接受心理治疗。

1963 年始

重拾版画。

1963 年 10 月 −1964 年 1 月

为两人的第一次合作册页《呼吸结晶》（Atemkristall）创作版画。

1964 年起

常去位于蒙马特的拉库尔与菲洛（Lacourière et Frélaut）的工作室，并在那将部分版画付印。

同年，收录了吉塞尔作品的多人作品图册《对开本4》（*Fortfolio 4*）出版。

1965 年

夫妇两人买下第二间佣人房作为吉赛尔的工作室，先前购买的第一间佣人房一直是策兰的书房。

1 月 17 日 -2 月，策兰与吉赛尔之间产生激烈冲突，在丈夫的要求下，吉赛尔只身一人离开巴黎，滞留罗马。

9 月中旬 -11 月，策兰精神状况恶化，吉赛尔考虑到儿子的安全，向策兰提出分居，被拒。

9 月 23 日，《呼吸结晶》问世，包含策兰的 21 首诗和吉赛尔的 8 张版画，其中版画全部为原作。

9 月 24 日，策兰精神崩溃，持刀指向吉赛尔，后者带着儿子连夜前往朋友家避难。几天后，策兰住进加什心理诊所（la clinique psychiatrique de Garches）。

12 月 22 日至次年 1 月 4 日，带儿子前往瑞士蒙塔娜度冬假，期间与策兰通信频繁。

1966 年

2 月 7 日，策兰转入圣安娜精神病院，2 月 10 日，医生同意吉赛尔入院探望。

这一年，吉赛尔实现了许多创作计划，其中包括《对开本 6》（*Fortfolio 6*）。

夏季，策兰夫妇在巴黎自己的公寓共度一段时光。

年末，一张由策兰的诗歌和吉赛尔版画原作组成的新年卡片印制面世，题为《睡眠楔子》(*Schlafbrocken*，*Keile*)。

1967 年

1 月 30 日，在试图刺伤妻子未成后，策兰以刀刺心脏自杀，在最后时刻被吉赛尔救下，肺部严重受伤。2 月 13 日至 10 月 17 日再次进入圣安娜医院接受精神治疗。

3 月，为远离整个事件去往普罗旺斯，儿子埃里克则托

付姐姐照顾

4月，经过长久谈论，策兰接受妻子的提议，两人分开生活，他开始寻找新的住所。

1967年4月-1968年6月，在一所私立小学取得一个替补教职。

4月15日，《莫瓦维尔》（*Moisville*）系列版画10张付印。

5月，《对开本6》（*Fortfolio 6*）出版，其中有吉赛尔的6张版画和策兰的诗1首。

1968年

3月19日，策兰为吉赛尔庆祝41岁生日，并将打印的组诗《黑关税》（*Schwazmaut*）作为礼物送给吉赛尔，这组诗写于1967年6、7月之间。

10月1日，进入索邦大学，担任日耳曼研究所秘书。

4-12月，持续为《黑关税》创作版画。

同年1月15日至1969年2月3日，策兰进入沃克吕兹精神病医院（l'hôpital psychiatrique de Vaucluse）接受治疗，吉赛尔常去探望。12月中旬，为《黑关税》所创作的15张版画全部完工。

1969年

3月19日，《黑关税》出版，内含策兰的诗14首，吉赛尔的版画15张（原作）。

5月，为策兰在艾米尔左拉大道6号（avenue Émile Zola）购置一间公寓。

11月，两张版画发表在期刊《堤》（*La Traverse*）中。

1960年代下半期

吉赛尔有四个短暂的绘画创作期：1966年8月，1966年末到1967年初，1969年3、4月，1969年7、8月。大多数情况下，绘画活动紧随一段紧张的版画创作期之后，似为某种调节。

1970年

4月19日晚到20日之间，策兰自投罗塞纳河，疑从米拉波桥上跳下。

5 月 12 日，策兰在巴黎 Thiais 墓地下葬。

在一份与遗嘱有关的笔记里，策兰将所有版权留给儿子，所有出版事宜交给阿尔曼（Beda Allemann），而吉赛尔则负责确保一切作品及遗物的保管。

5 月 13 日，让·黛夫（Jean Daive）诗集《四个动词的世界》（*Monde à quatre verbes*）出版，其中配有吉赛尔的 2 张版画。

5 月 20 日，《法前》（*Devant la loi*）出版：让·黛夫的诗配吉赛尔的 5 张版画。

7 月，期刊《蜉蝣》（*l'Éphémère*）发表策兰的 4 首诗手稿，并配上 3 张吉赛尔版画。

8 月，期刊《碎片》（*Fragment*）发表吉赛尔 2 张版画。

1971 年

4 月 3 日至 20 日，前往以色列旅行。

4 月，作品集《四点的宫殿》（*Le Palais de quatre heures*）出版：让·黛夫的诗配吉赛尔 2 张版画。

1973 年

2 月 23 日，《海之召唤》（*Angerufen vom Meer*）出版：7 张吉赛尔版画，策兰诗集《从门槛到门槛》（*Von Schwelle zu Schwelle*）诗节选。

1974 年

4 月 16 日，画集《日记：微型片段》（*Journal: les minuscules épisodes*）出版，收录 12 张版画。

1975 年

春，《凭借酒与失》（*Bei Wein und Verlorenheit*）出版：1 首策兰的诗及其意大利语译文，配吉赛尔版画 1 张。

8 月，《声音之灰》（*Les cendres de la voix*）出版，菲利普·德尼斯（Philippe Denis）的 8 首诗配吉赛尔的 2 张版画。

12 月，《未完成》（*L'Inachevé*）出版：8 张版画。

1976 年夏

搬至蒙托尔路 45 号（rue Montorgeuil），随后又购置了两间相连的佣人房，作为画室。

1977 年

10 月，《纪录》(Protocole) 出版：烈吉（Jean Pascal Léger）的诗配吉赛尔的 4 张版画。

1978 年

1 月到 3 月，《双重》(Double) 出版：马汀·贝姐（Martine Broda）[1] 的诗配吉瑟尔的 3 张钢笔画。

4 月，《清晰的裂口》(Cassure claire) 出版：皮埃尔·沙珮（Pierre Chappuis）的 1 首诗配吉赛尔的 1 张版画。

同年、安德烈·布歇（André du Bouchet）翻译的《保罗·策兰诗选》（ Poèmes de Paul Celan) 面世，书中配了 1 张吉赛尔版画。

1980 年

2 月，《水之心》（ Coeur d'eau) 出版：李丝察（Alain Christophe Restrat）的组诗配吉赛尔版画 8 张。

4 月 30 日至 6 月 16 日，前往以色列旅行。

1982 年

前往意大利、希腊旅行。

1984 年

姐姐死于一场车祸。

1985 年

10 月，由米歇尔·汉堡（Michael Hamburger）翻译的保罗策兰诗集《3 2 首诗》（ Thirty two Poems) 面世，配有吉赛尔版画 1 张。

1988 年

3 月 20 日，母亲去世。

1990 年

《呼吸结晶》、《黑关税》的印刷珍藏版面世。

同年 1 月 23 日，埃德曼·亚布（Edmond Jambes）回忆保罗·策兰的书《词语的记忆》（ La mémoire des mots) 出版，书中配有吉赛尔 2 张钢笔画。

1991 年

5 月 15 日至 6 月 5 日，再次前往以色列旅行。

1　马汀·贝姐（Martine Broda）是策兰诗歌最重要的德文译者之一。

10月，查出肝癌和胰腺癌，不久经历一次手术，但为时已晚。去世前最后几周，亲人好友前来探望。

1991 年 12 月 9 日，吉赛尔死于自己的公寓，12 月 13 日下葬，同其夫保罗·策兰，其子弗朗索瓦同葬于巴黎 Thiais 墓地，丧礼上未有任何宗教仪式。

住 所

住所 *Demeure - Wohnstatt* 1966　铜版画 © 虞山当代美术馆

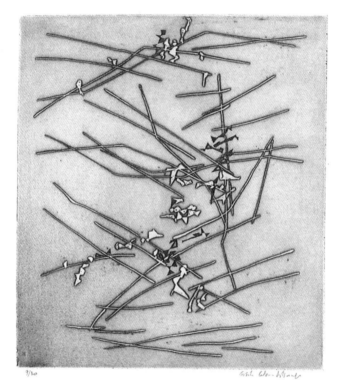

9/20   Gisèle Celan-Lestrange

第二证明

第二证明 *Seconde évidence - Zweite Evidenz* 1968 铜版画 © 虞山当代美术馆

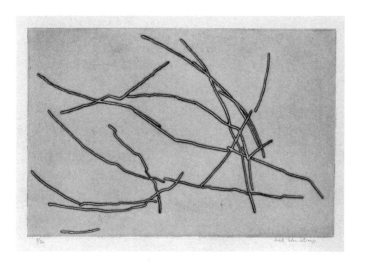

重新

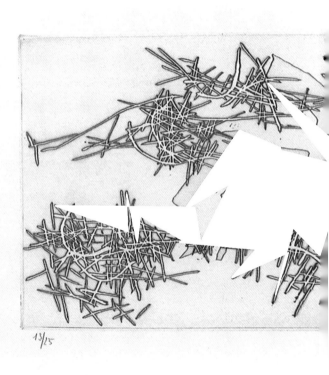

13/25

重新 *Derechef* 1964 铜版画 © ERIC CELAN

这是搬运者该退出的时刻了，最后的最后，当众声偃息，吉赛尔再一次站在时间之初，重新开口。她说，只要你足够安静，每一刻都是新的。

第

一

封

信

1951 年 12 月 11 日

亲爱的，

你依旧近在咫尺，你的抚摸，你的眼睛，你美好的真诚与爱。
我要欣喜地告诉你，昨晚我在一片安宁中入睡。唯愿你
也一样处在安宁之中——
可正是这份安宁令我忧心，你要知道，这一点都不寻
常——对我来说，这太不寻常了，它恰恰来自于你。我
没法理解这种感受，请别问我的想法，因为我也无从知晓。
为了更无束地爱你
我欲理解。
我欲认识。
我欲把握。
但那同样令我恐惧——在一切因果之外去爱你是多么柔
软的一件事——
我希望你很幸福，却又觉得在你面自己即渺远又残破。
这同样令人忧心——
爱一位诗人一定很难，一位美丽的诗人。对面你的生活，
你的诗歌和爱，我感到卑微——可非你的一切对我来说
都已不复存在。

我听着你的话，感到你离我很近——我想更靠近你——我喜欢看着你——知道你就在那，那么安静那么专注，你给我信心，不可思议般使我安宁。

亲爱的——

对我来说一份崭新的生活已经开始——你在我这儿种下了一朵生命之花，虽然我才认出它来，可它已如此温柔而强烈地扎根了——

我看着自己身上的这朵花，见不着你的时候，我就满怀嫉妒地嗅它的气味，它已然占据了一个非常重要而难以理解的位置。我得用很久才能弄懂如此强烈的感觉究竟是什么。

亲爱的，我得离开你，如果读我的信，读我拙劣的文字，能给你带来哪怕最微不足道的喜悦，我都会很高兴——原谅我没法像你一样写那么美的词——亲爱的诗人，请你把它们谱成你美妙的音乐吧。

周三——当然为了要见到你，我会去参加风楼的开幕酒会——酒会在周五举行，因此我才允许自己今天给你写信——除非你有别的想法，否则我们就周五六点半风楼见了——离见面的日子真远！——但说不定时间会让它更温柔。

工作吧，亲爱的，别太想着我—如果想我会分散你的精力。

我可不希望那样——

周三晚上你也要工作——而我，我想我也会在家画画——给你我最温柔的念头，还有你说，你所爱的，我的凝视。

吉赛尔

图书在版编目(CIP)数据

灵魂的骨骼 / 张何之著. --上海:华东师范大学出版社,2018

ISBN 978 - 7 - 5675 - 7857 - 9

Ⅰ.①灵… Ⅱ.①张… Ⅲ.①保罗·策兰—诗歌研究 ②赛尔·策兰-莱特朗奇—版画—研究 Ⅳ.①I516.072 ②J217

中国版本图书馆 CIP 数据核字(2018)第 128213 号

华东师范大学出版社六点分社

企划人　倪为国

灵魂的骨骼

著　　者　张何之
责任编辑　倪为国　徐海晴
封面设计　陈丹枫

出版发行　华东师范大学出版社
社　　址　上海市中山北路 3663 号　邮编　200062
网　　址　www. ecnupress. com. cn
电　　话　021 - 60821666　行政传真　021 - 62572105
客服电话　021 - 62865537
门市(邮购)电话　021 - 62869887
地　　址　上海市中山北路 3663 号华东师范大学校内先锋路口
网　　店　http://hdsdcbs. tmall. com

印刷者　上海盛隆印务有限公司
开　　本　890×1240　1/32
印　　张　3.75
字　　数　50 千字
版　　次　2018 年 8 月第 1 版
印　　次　2018 年 8 月第 1 次
书　　号　ISBN 978 - 7 - 5675 - 7857 - 9/I · 1906
定　　价　58.00 元

出版人　王　焰